Petit lapin
et
Doudou-bleu

Tatyana Feeney

Texte français d'Hélène Pilotto

Éditions
SCHOLASTIC

Petit lapin adore Doudou-bleu.

Avec Doudou-bleu,
tout ce qu'il fait est mieux.

Avec Doudou-bleu, Petit lapin va
plus haut quand il se balance.

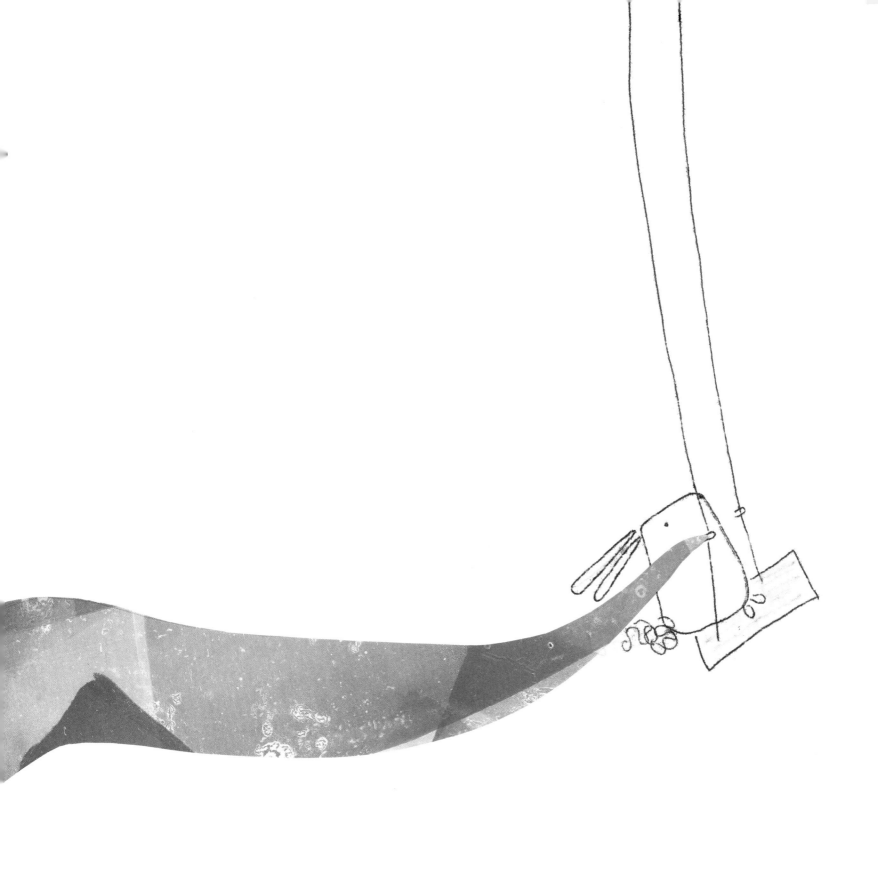

Avec Doudou-bleu,
Petit lapin fait de plus
beaux dessins.

Avec Doudou-bleu,
Petit lapin est capable de lire
les mots les plus difficiles.

Petit lapin et Doudou-bleu
sont inséparables.

Mais un jour, alors que Petit lapin joue
dans le bac à sable…

— Petit lapin! Viens te laver!
Ton doudou et toi avez besoin
d'un bon bain! dit sa maman.

Petit lapin trouve que
Doudou-bleu est parfait
comme il est.

Sa maman n'est pas de son avis.

– Petit lapin!

Sa maman le savonne…

et le sèche.

Puis elle prend Doudou-bleu
et le met dans la machine à laver.

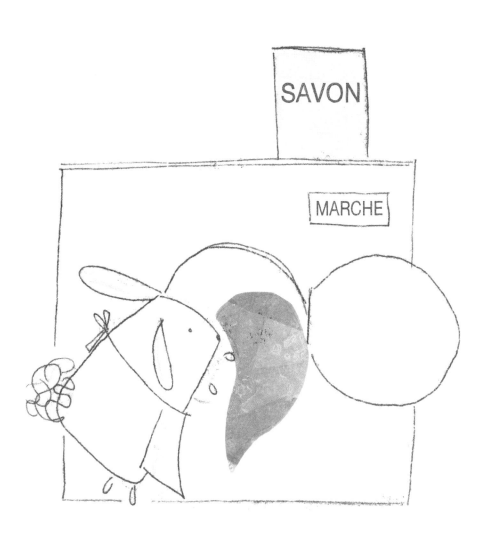

— Ne t'inquiète pas,
dit-elle à Petit lapin. Ça ne prendra
qu'une minute.

Faux. Ça prend 107 minutes.

Et durant chacune de ces
107 minutes, Petit lapin ne quitte pas
Doudou-bleu des yeux.

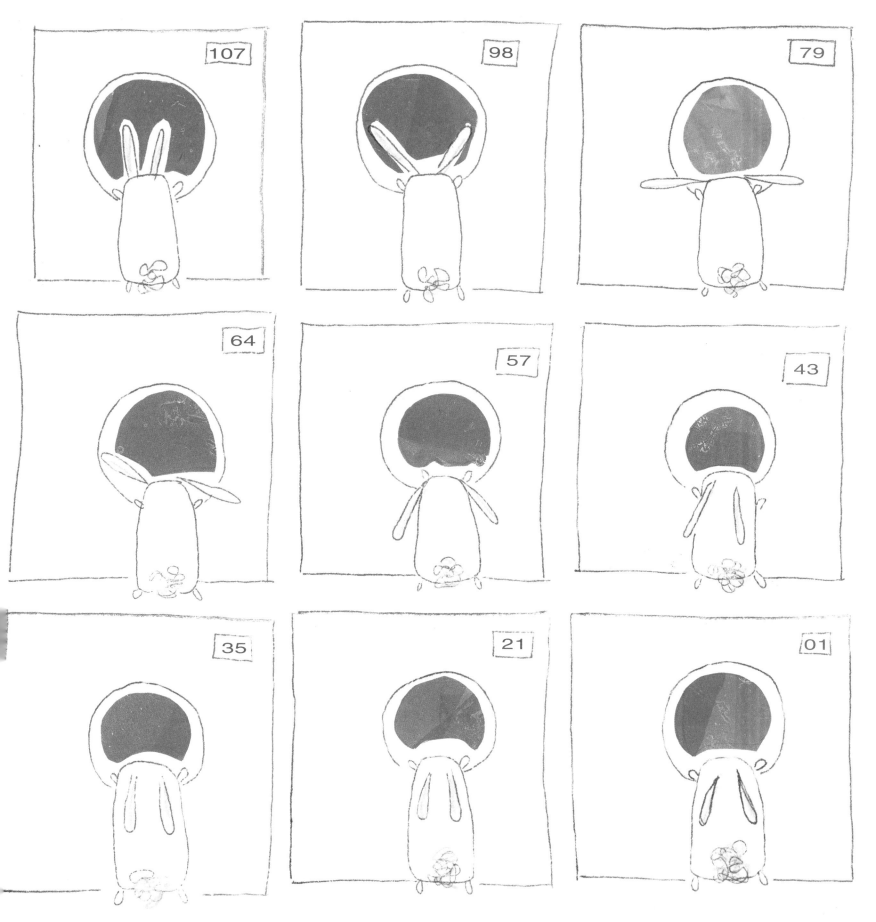

Ensuite, sa maman
fait sécher Doudou-bleu.

— Propre comme un sou neuf!
dit-elle, ravie.

Mais Petit lapin n'est pas ravi.

Il n'aime pas le propre.

Mais après des heures
de balançoire,

de dessin,

de lecture

et de pâtés de sable...

Doudou-bleu est redevenu
comme avant.

Parfait!

À mes parents

Catalogage avant publication de Bibliothèque et Archives Canada

Feeney, Tatyana

Petit lapin et Doudou-bleu / auteure et illustratrice, Tatyana Feeney ;
traductrice, Hélène Pilotto.

Traduction de: Small Bunny's Blue Blanket.

ISBN 978-1-4431-1881-1

I. Pilotto, Hélène II. Titre.

PZ26.3.F44Pet 2013   j823'.92   C2011-907330-7

Édition publiée par les Éditions Scholastic,
604, rue King Ouest, Toronto (Ontario) M5V 1E1
avec la permission d'Oxford University Press.

5 4 3 2 1   Imprimé en Chine CP147   12 13 14 15 16